Licht an!

Mein großes Abenteuerbuch

Meyers Kinder- und Jugendbücher

Licht an!

Mein großes Abenteuerbuch

INHALT

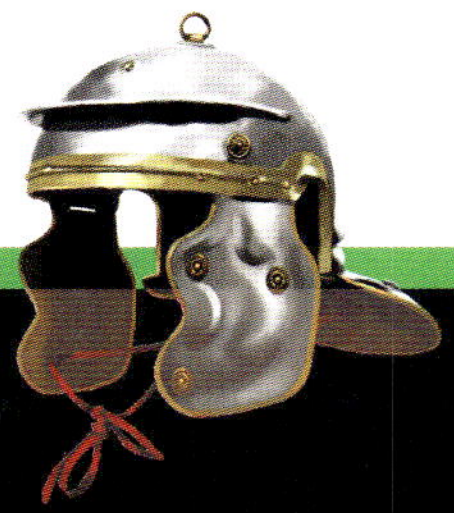

Die ersten Menschen

Vor mehr als Hunderttausend Jahren lebten die Vorfahren der heutigen Menschen. Die Urmenschen zogen in kleinen Gruppen umher. Sie gingen auf die Jagd und fingen Fische, um satt zu werden.

Die ersten Siedlungen

Vor etwa 11 500 Jahren wurden die Menschen sesshaft. Sie ließen sich an einem Ort nieder und gründeten kleine Siedlungen.

Die Menschen bauten Hütten aus Ästen und den Stoßzähnen von Mammuts.

Das Dach deckten sie mit Grasstücken.

Das Rentier lieferte den Menschen nicht nur Fleisch. Sein Fell schützte sie vor Kälte. Aus den Knochen stellten sie Werkzeuge her. Aus der Haut wurde Leder gemacht.

Mit Harpunen fingen sie Fische.

Sie sammelten auch essbare Früchte und Pflanzen.

Die Jagd

Die Jagd auf wilde Tiere war ein gefährliches Unterfangen! Das größte Urzeittier war das Mammut. Es hatte mächtige Stoßzähne.

Die Menschen jagten nicht nur den Säbelzahntiger, sondern auch diese Tiere:

den Wisent,

das Rentier,

das Wollnashorn,

den Auerochsen.

Der Alltag

Die Menschen in den Siedlungen und Zeltlagern hatten immer viel zu tun.

Aus Tierknochen stellten sie Harpunen und Halsketten her.

Steine schliffen sie zu Pfeil- und Speerspitzen.

Dieses Gefäß ist aus Tierhaut gefertigt. Das Wasser darin wurde mit glühenden Steinen erhitzt.

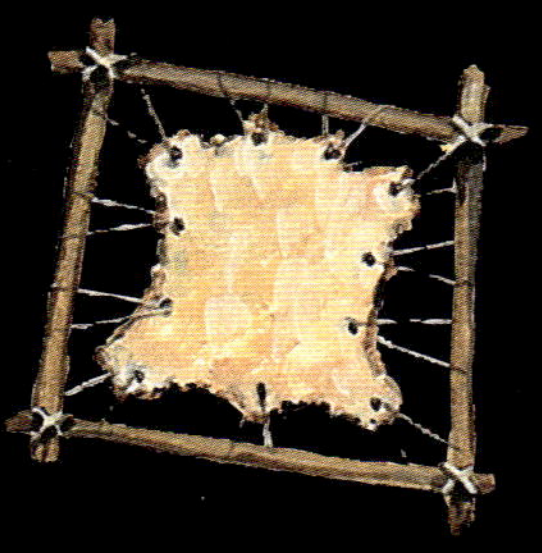

Die Tierhäute spannten sie zum Trocknen auf. Dann machten sie daraus Kleidung und Decken.

In den Höhlen

Die damaligen Menschen schmückten die Höhlenwände mit Malereien aus.

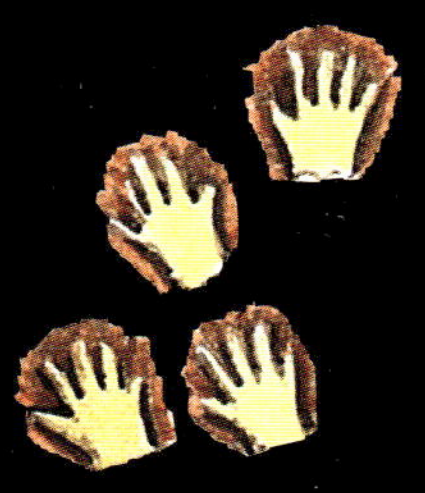

Mit Fackeln und kleinen Öllampen beleuchteten sie die dunklen Höhlen.

Einige malten ihre Hände an die Wand.

Andere Künstler zeichneten die Tiere, die sie jagten.

Sie fertigten auch kleine Figuren an und schnitzten Tiere aus Knochen und Elfenbein.

Erkennst du, was die Menschen an die Höhlenwände malen?

Die ersten Bauern

Die Menschen begannen Pflanzen anzubauen und Tiere zu züchten. Nun mussten sie nicht mehr ständig auf die Jagd gehen, um etwas zu essen zu bekommen.

Sie hielten Schaf- oder Rinderherden.

Sie bauten Getreide an, zum Beispiel Weizen oder Gerste.

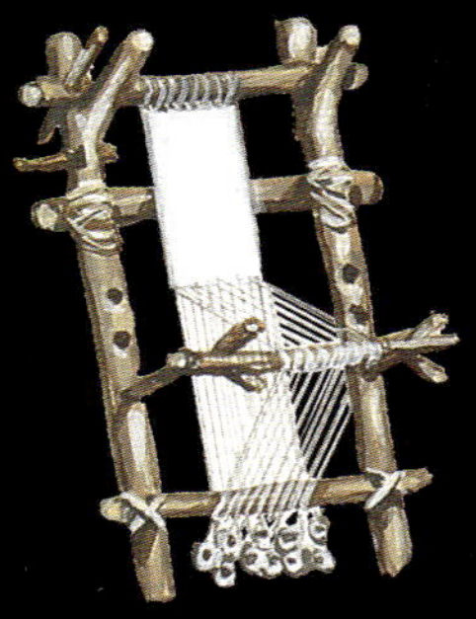

Mit dem Webstuhl stellten sie die ersten Stoffe aus Schafswolle her.

Außerdem fertigten sie Tongefäße an.

Für die Arbeit auf dem Feld erfanden die Bauern neue Geräte aus Stein.

Das Metall

Später fanden die Menschen heraus, wie man Gegenstände aus Metall herstellen konnte.

Zuerst schmolzen sie das Metall bei sehr hohen Temperaturen in einem Tiegel.

Das flüssige Metall gossen sie in eine Form.

Auf dem Amboss wurde der Gegenstand weiter in Form gehämmert ...

... und zu einem Schmuckstück oder einer Waffe verarbeitet.

Gegenstände aus Metall waren sehr wertvoll!

Was brauchten die ersten Menschen?

All dies stellten die ersten Menschen her.
Weißt du, was es ist?

die Harpune

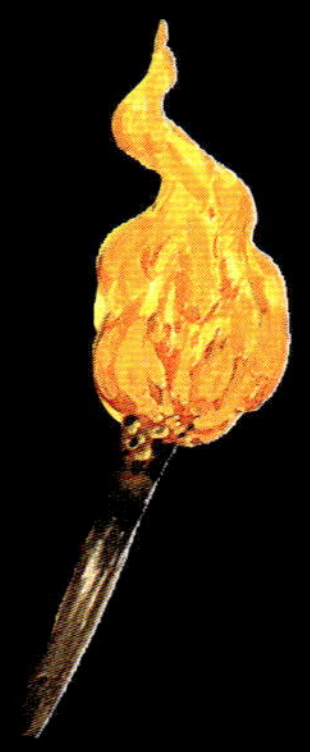

die Fackel

die Hütte

die Tierhaut

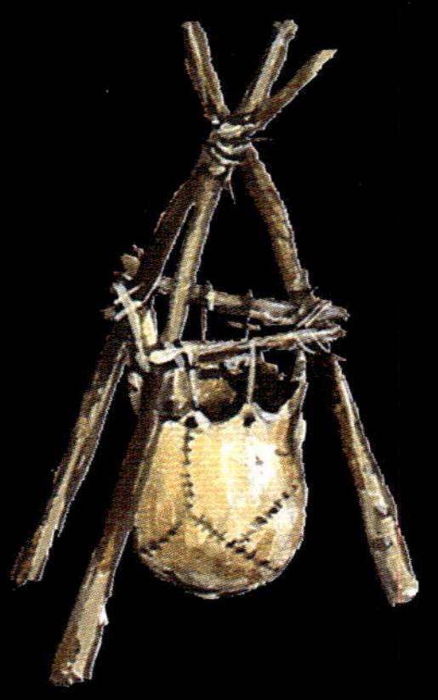

das Gefäß aus Tierhaut

die Halsketten

die Öllampen

die Tongefäße

die Form

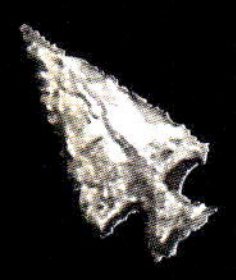

die Pfeilspitze

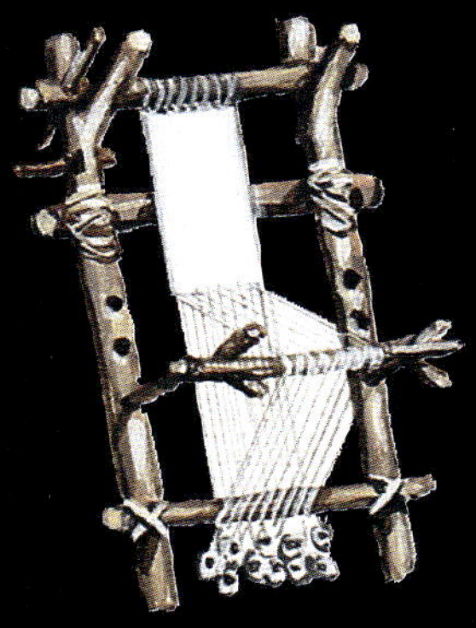

der Webstuhl

der Amboss

die landwirtschaftlichen Geräte

Die alten Ägypter

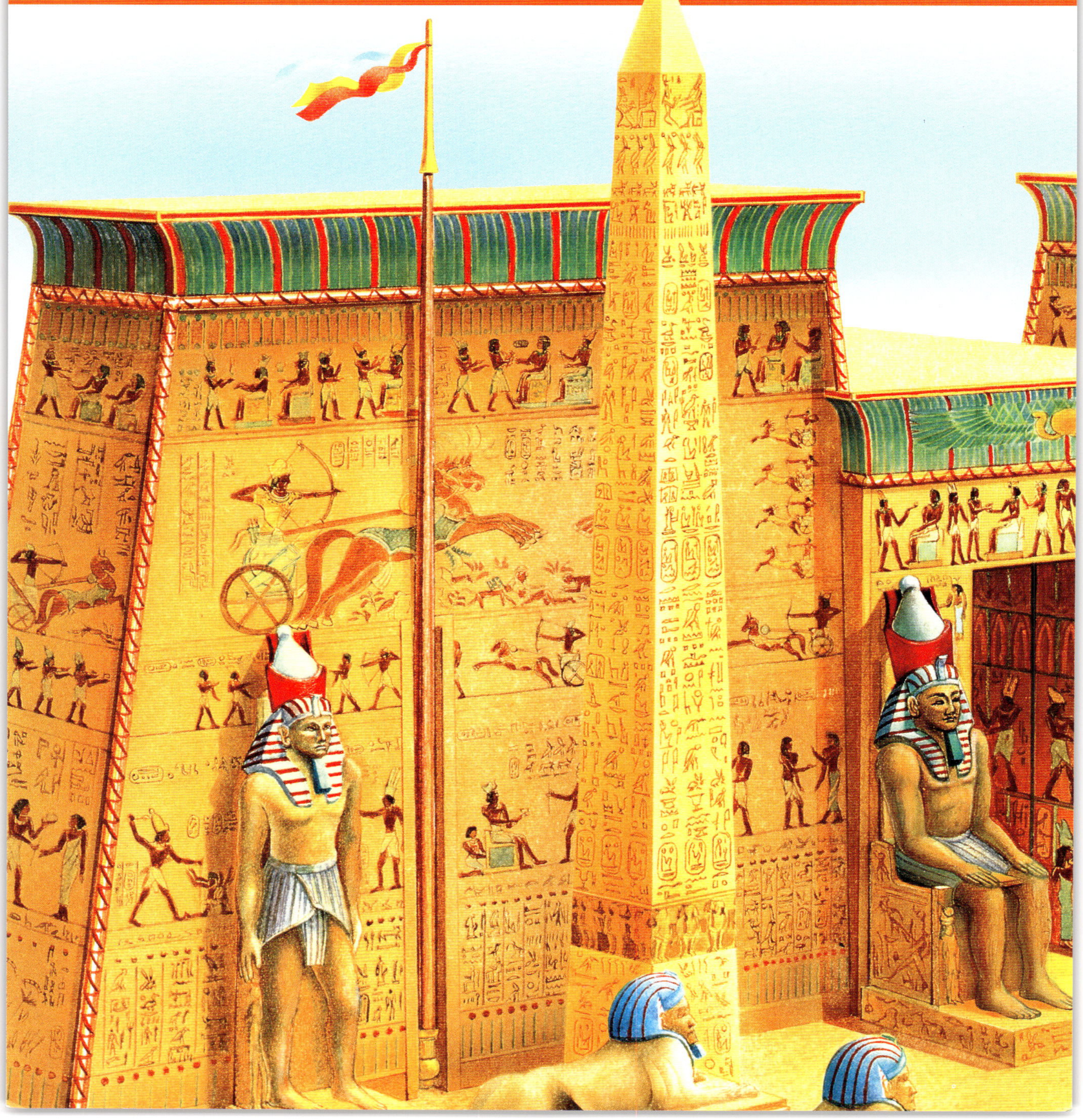

Vor über viertausend Jahren bauten die Ägypter riesige Pyramiden und prächtige Tempel. Sie malten die Bauten mit leuchtenden Farben an.

Im Dorf

Die Ägypter siedelten sich an den Ufern des Nils an. Über viele Kanäle leiteten sie das Flusswasser auf ihre Felder. Auf dem fruchtbaren Boden wuchsen Getreide und Gemüse.

Mit Netzen fingen sie Fische aus dem Fluss.

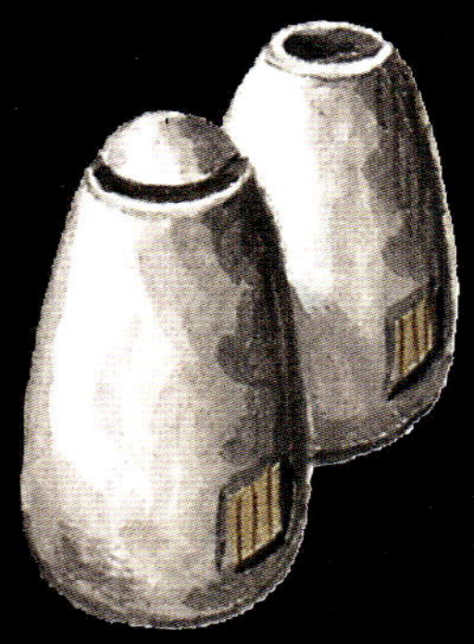

Das Getreide lagerten sie nach der Ernte in solchen Silos.

In Körben wurde das Getreide auf dem Rücken von Eseln transportiert.

Diese Vorrichtung zum Wasserschöpfen heißt Schaduff.

Die Frauen backten das Brot in einem Backofen aus Lehm und Ton.

Bei den reichen Ägyptern

Wohlhabende Ägypterinnen achteten darauf, immer gepflegt auszusehen. Sie schminkten sich und trugen kostbaren Schmuck.

Die Männer und Frauen hatten meist kurz geschnittene Haare und trugen Perücken.

Die Ägypter liebten Musik. Gerne lauschten sie den Klängen der Harfe.

Ein beliebtes Gesellschaftsspiel hieß Senet. Man spielte es zu zweit.

Die Kinder hatten Spielzeug aus Holz.

Der Pharao

Der Pharao war der König von Ägypten. Mit seiner Familie lebte er in einem Palast.

Der Thron des Pharaos stand in einem großen Saal. Von hier aus regierte der Herrscher das Land.

Der oberste Berater des Pharaos war der Wesir.

Der Schreiber ritzte die Befehle des Pharaos in Tontafeln ein.

Die ägyptische Schrift besteht aus vielen Zeichen. Man nennt sie Hieroglyphen.

Die Besucher brachten dem Pharao Geschenke.

Die Pyramiden

Die Ägypter bauten riesige Pyramiden. Im Inneren dieser steinernen Bauten wurden die Pharaonen bestattet.

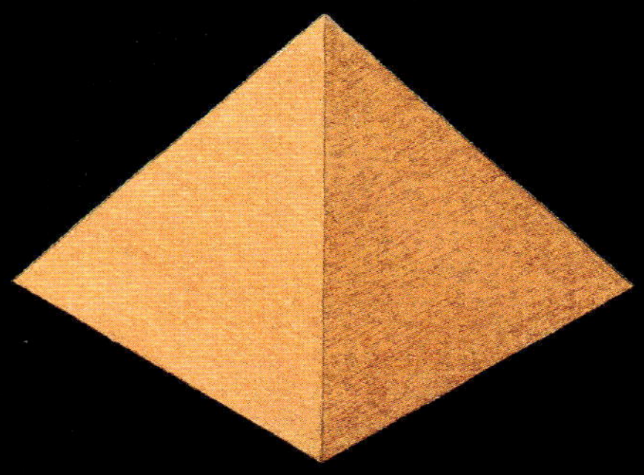

Die ägyptischen Pyramiden sehen ganz unterschiedlich aus.

Für ihren Bau wurden Tausende von Arbeitern benötigt.

Die Arbeiter schichteten gewaltige Steinblöcke auf.

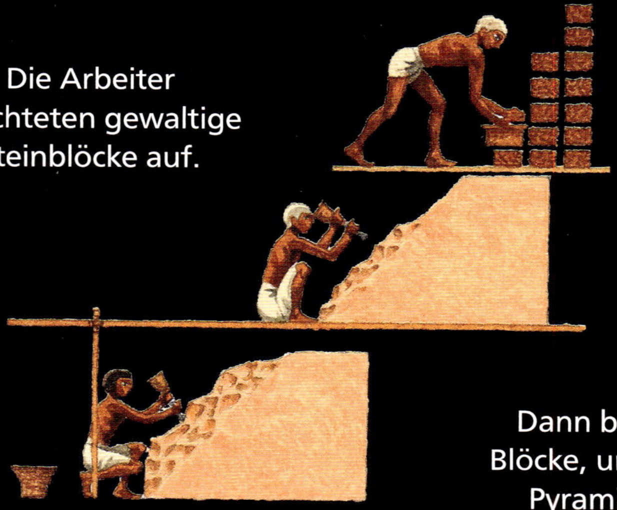

Dann behauten sie die Blöcke, um die Wände der Pyramide zu glätten.

Die Schatzkammer

Bei der Bestattung des Pharaos wurden kostbare Schätze in sein Grabmal gebracht.

Möbelstücke und goldenes Geschirr kamen in die Schatzkammer ...

... aber auch Goldschmuck und Edelsteine.

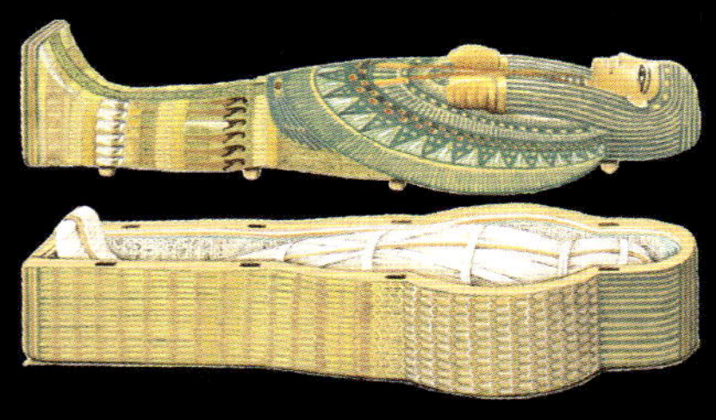

Die Mumie des Pharaos wurde in einen Sarkophag gelegt.

Sein Gesicht wurde mit einer Maske bedeckt.

Das Grabmal lag auf der anderen Seite des Nilufers. Dorthin wurde der tote Pharao in einer Barke gebracht.

Was brauchten die alten Ägypter?

Kennst du die Gegenstände? Sie wurden bei den Ägyptern hergestellt und benutzt.

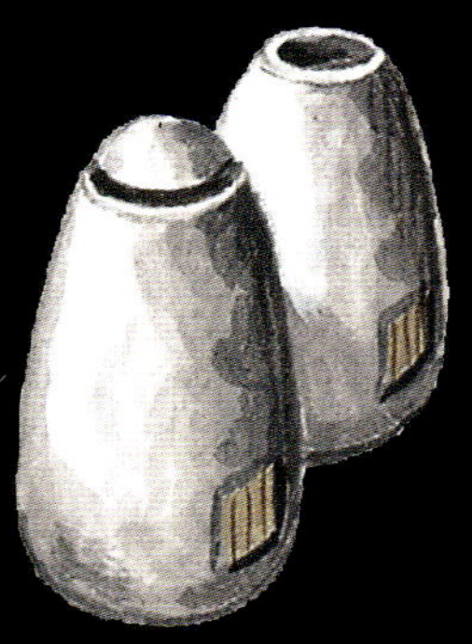

die Silos

der Backofen

der Schmuck

die Perücke

die Harfe

das Senet-Spiel

das Holzspielzeug

die Totenbarke

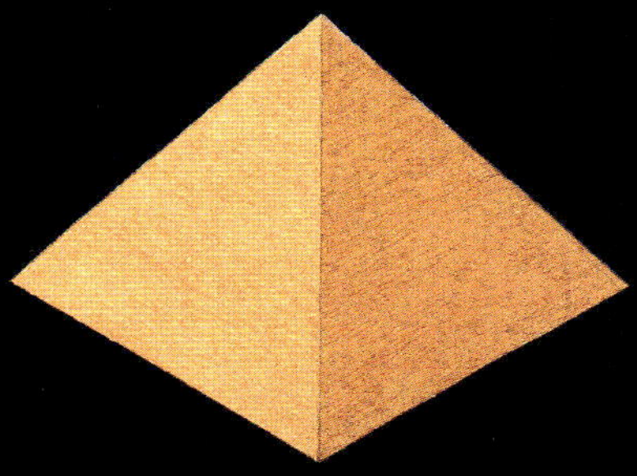

die Pyramide

der Sarkophag

Das sind einige der wichtigsten Götter Ägyptens:

Amun-Re Isis Osiris Horus Anubis Hathor

Die alten Römer

Vor etwa 3 000 Jahren wurde die Stadt Rom gegründet. Im Laufe der Zeit errichteten die Römer prächtige Gebäude. Eines der größten war das Kolosseum, in dem auch Gladiatorenkämpfe stattfanden.

In den Straßen Roms

Rom wuchs zu einer lärmenden Großstadt heran, die über eine Million Bewohner zählte. Viele Römer wohnten in mehrstöckigen Backsteinhäusern.

Die einfachen Römer aßen meist Brot, Gemüse und Obst. Nur bei den Reichen kam regelmäßig Fisch und Fleisch auf den Tisch.

Olivenöl und Wein bewahrten sie in Amphoren aus Ton auf.

Bezahlt wurde mit Bronze-, Silber- und Goldmünzen.

Die Badehäuser

Die meisten Römer hatten kein eigenes Bad in ihren Häusern. Deshalb verbrachten sie ihre Freizeit gerne in einem der vielen Badehäuser.

Der Barbier rasierte Bärte und schnitt Haare.

Die reichen Römerinnen legten viel Wert auf ihr Aussehen.

In den Badehäusern konnten die Männer auch Sport treiben, zum Beispiel Ringen.

Die Gladiatoren

In der Arena sahen sich die Römer Gladiatorenkämpfe, Tierhetzen und nachgestellte Seeschlachten an.

Gladiatoren traten gegen andere Kämpfer oder Raubtiere an. Manchmal wurden auch reine Tierkämpfe veranstaltet.

Dieser Gladiator schützte sich mit einem Armschutz und Beinschienen aus Metall.

Mit dieser Quadriga wurden Wagenrennen gefahren. Der Wagen wurde von vier Pferden gezogen.

Die römische Armee

Die Römer hatten eine mächtige und schlagkräftige Armee. Sie herrschten über fast ganz Europa. Die Soldaten nannte man Legionäre.

Der Helm mit Wangenklappen gehörte zur Ausrüstung eines Soldaten.

Dieses Kurzschwert heißt Gladius.

Das Katapult ist eine riesige Wurfmaschine. Die Soldaten konnten damit große Steinbrocken ins feindliche Lager schleudern.

Was brauchten die alten Römer?

All dies stammt aus der Römerzeit.
Weißt du, was es ist?

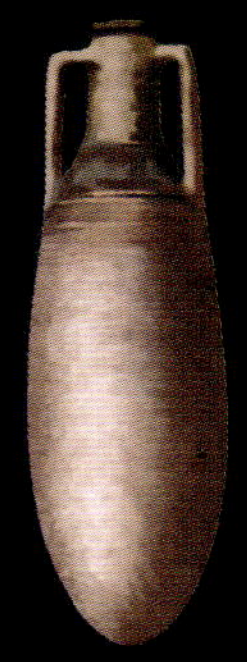

die Amphore

der Helm mit Wangenklappen

der Gladius

die Quadriga

die Geldmünzen

der Gladiator

die Statue

der Brunnen

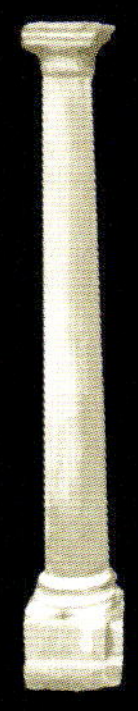

die Säule

der Tempel

das Katapult

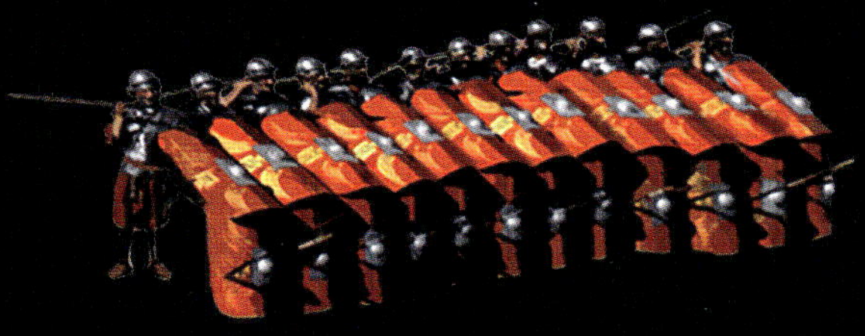

die Legionäre

Die Wikinger

In Nordeuropa lebten im Mittelalter die Wikinger.
Die Wikinger waren mutige Seefahrer. Einige kamen
mit ihren Schiffen sogar bis Amerika.

Die Schiffe

Die Wikinger waren kundige Seeleute. Sie unternahmen weite Handels- und Entdeckungsfahrten über das Meer.

Das Drachenschiff war ein schnelles und wendiges Kriegsschiff. Es hatte ein großes Segel und bis zu 30 Ruder an jeder Seite.

Die Knorr war ein Handelsschiff. Die Wikinger transportierten damit große Mengen Handelsgüter über das Meer.

Die Schiffe wurden mit einem Steuerruder gesteuert.

Die Seeleute nahmen Raben mit auf ihre Schiffe. Sie sollten ihnen auf hoher See den Weg weisen.

Die Krieger

Die Wikinger waren gefürchtete Krieger. Manche unternahmen Raubzüge, überfielen Küstendörfer und plünderten sie aus.

Die Krieger trugen Kettenhemden.

Den Kopf schützte ein Helm aus Metall.

Sie waren mit Schild und Schwert bewaffnet.

Manchmal nahmen sie die Bewohner eines Dorfes gefangen.

Im Wikingerdorf

In ihrer Heimat lebten die Wikinger in Dörfern.
Ihre Siedlungen lagen meist an den Küsten.

Wenn die Männer auf Reisen waren, kümmerten sich die Frauen um Haus und Hof.

Die Wikinger züchteten Pferde.

Die gefangenen Fische hängten sie zum Trocknen auf ein Gestell auf. So wurde der Fisch haltbar gemacht.

Die Frauen fertigten am Webstuhl Stoffe an.

Im Land der Kälte

Die Wikinger siedelten sich im hohen Norden an, in einem Land namens Grönland.

In ihren Holztruhen brachten sie viele nützliche Dinge mit, die sie für das tägliche Leben benötigten.

Sie ernährten sich von den Fischen, die sie im Meer fingen.

Die Siedler hatten ein hartes Leben, denn das Wetter in Grönland war kalt.

Die Wikinger hielten auch Schafe, die ihnen Milch, Wolle und Fleisch lieferten.

Entdeckst du die verschiedenen Tiere, die mit den Siedlern nach Grönland kamen?

Auf dem Markt

Die Wikinger waren hervorragende Kunsthandwerker und kluge Kaufleute.

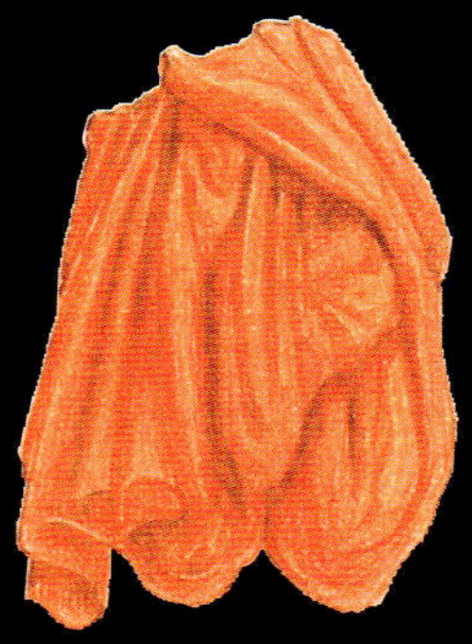

Die Frauen webten Stoffe, die sie mit Pflanzenfarben bunt einfärbten.

Sie stellten Waffen her, zum Beispiel Äxte.

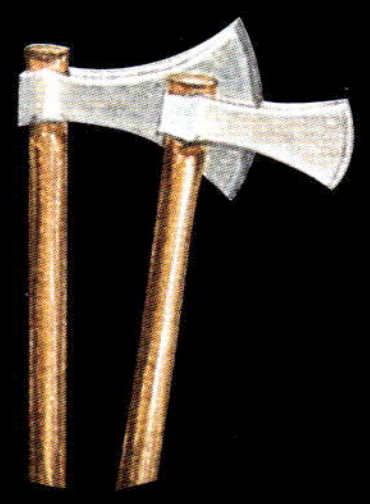

Neben Silbermünzen dienten auch Edelsteine als Zahlungsmittel.

Auf dem Markt wurden Gefäße aus Glas angeboten.

Die Wikinger trugen gerne Ringe, Ketten, Armbänder und prächtigen Schmuck aus Gold und Silber.

Was brauchten die Wikinger?

Kennst du diese Dinge aus der Wikingerzeit?

die Knorr

das Drachenschiff

der Schild

das Schwert

der Helm

das Kettenhemd

das Haus

die Pferde

das Trockengestell

der Webstuhl

die Fischerboote

die Schafe

die Truhe

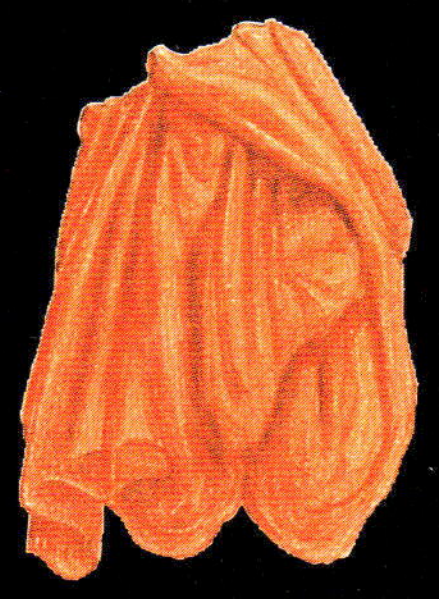

der Stoff

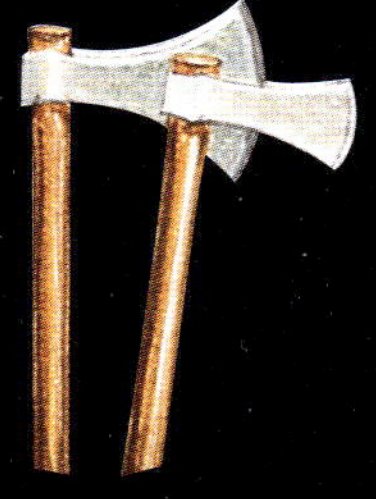

die Äxte

die Edelsteine

der Schmuck

Die Menschen des Mittelalters

Vor rund 1 500 Jahren begann das Mittelalter. Es ist die Zeit der Ritter und der Burgen.

Auf dem Land

Im Mittelalter waren die meisten Menschen Bauern. Auf den Feldern bauten sie Gemüse und Getreide an.

Die Bauern mähten das Getreide mit der Sense.

Dann banden sie die Halme zu Garben zusammen.

Mit dem Dreschflegel lösten sie die Körner aus den Ähren.

Mit einem großen Sieb trennten sie die Spreu, die man nicht essen konnte, von den Körnern.

Das geerntete Getreide wurde in Säcken gelagert.

Im Wirtschaftshof der Burg

In der Burg wohnte nicht nur der Burgherr mit seiner Familie. Auch Soldaten, Handwerker und Diener lebten hier.

Im Hof wurden Hühner, Schweine und Schafe gehalten.

Der Scherenschleifer schärfte Messer und Scheren.

Der Schmied fertigte Gegenstände aus Metall: Werkzeug, Nägel, Hufeisen, Rüstungen und Waffen zum Beispiel.

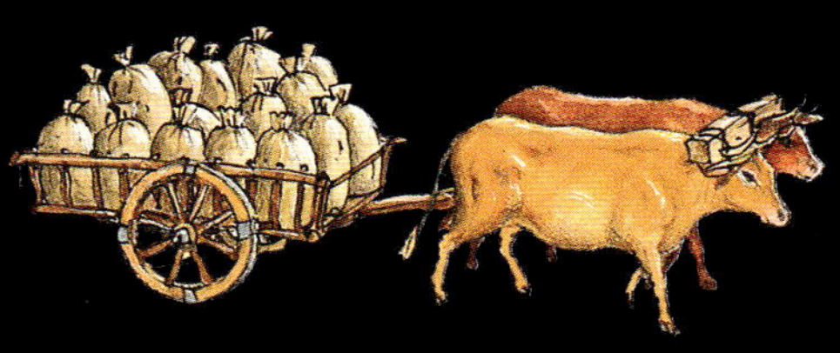

Ochsen zogen die schweren Karren.

Soldaten überwachten die Umgebung.

Im Wohnturm

Der Wohnturm war der höchste Turm der Burg.
Hier wohnte der Burgherr mit seiner Familie.

Im Schlafraum stand das Himmelbett, in dem die ganze Familie schlief.

Im großen Saal gab es eine lange Speisetafel.

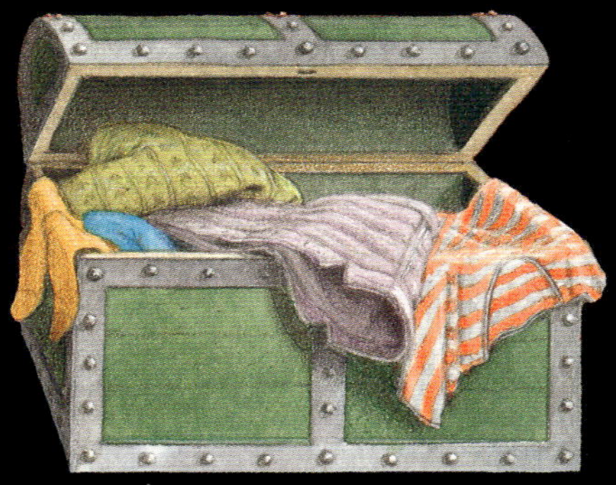

Kleider wurden in Truhen aufbewahrt.

Entdeckst du die große Küche der Burg, in der fleißig gearbeitet und gekocht wird?

Das Festmahl

Im großen Saal veranstaltete der Burgherr rauschende Feste und Gastmähler.

Jongleure und tanzende Bären unterhielten die Gäste.

Musikanten spielten auf ihrer Fidel.

Die Diener reichten den Gästen erlesene Speisen und Weine.

Der Tisch war mit Tafelgeschirr gedeckt.

Der Angriff

Wenn die Burg angegriffen wurde, stürmten die feindlichen Soldaten die Befestigungsmauern, um die Burg einzunehmen.

Alle Soldaten trugen einen Helm.

Sie kämpften mit dem Schwert oder der Axt.

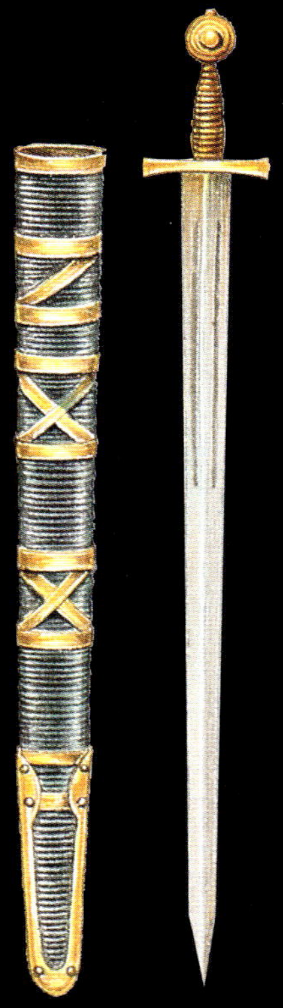

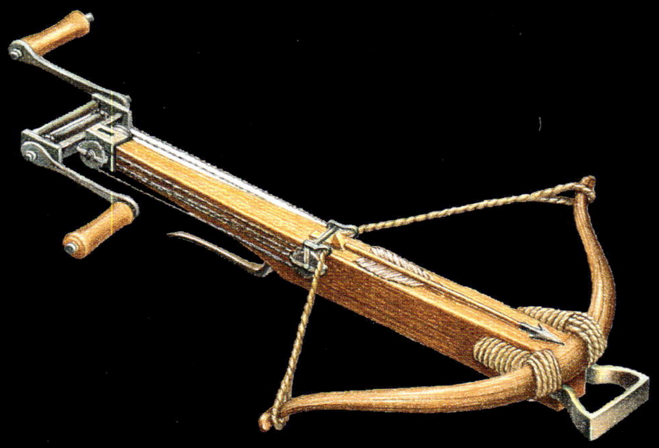

Mit der Armbrust schossen die Soldaten Pfeile ab.

Das Turnier

Auf der Wiese vor den Toren der Burg fanden Turnierspiele und Wettkämpfe statt.

Die Herolde verkündeten mit ihren Trompeten den Beginn des Turniers.

Der Wettkämpfer versuchte, seinen Gegner mit einer Lanze vom Pferd zu stoßen.

An dem bunten Wappen auf dem Schild konnte man erkennen, welcher Ritter in der Rüstung steckte.

Was brauchten die Menschen im Mittelalter?

All dies stammt aus dem Mittelalter.
Weißt du, was das ist?

der Scherenschleifer

die Truhe

der Schmied

das Himmelbett

der Krug

die Tafel

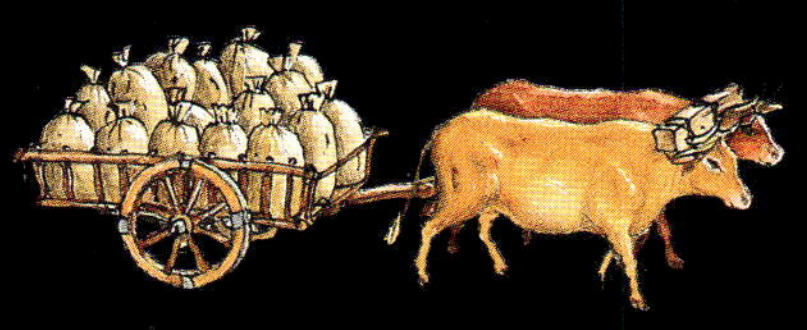

der Karren

die Soldaten

der Helm

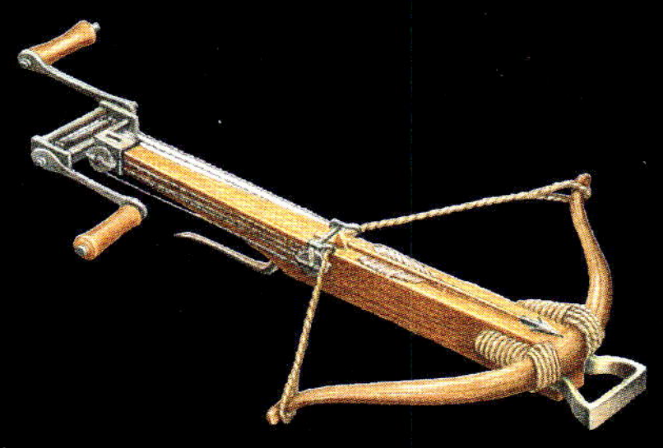

die Armbrust

das Schwert

das Wappen

der Jongleur

die Herolde

der Fidelspieler

Komm mit auf Entdeckungsreise mit der Taschenlampe!

Diese spannenden Themen hält die Reihe „Meyers kleine Kinderbibliothek – Licht an!" außerdem für dich bereit:

Das ägyptische Grab
Nachts auf der Baustelle
Sturm auf die Burg
Im Reich der Dinosaurier
Leben im Dschungel
Nachts im Garten
Hexen, Elfen und Gespenster
Am Himmel und im Weltall
In Höhlen und Grotten
Geheime Kammern und Verliese
In den Nestern der Insekten
Wunderwelt Körper
Tief im Meer
Der Schatz der Piraten
In der Polarnacht
Schätze und Wracks
Nachts in der Stadt
Unter der Stadt
Tiere unter der Erde
Tiere der Nacht
Tiere der Urzeit
Tiere im Zoo
Tief im Wald
Im Zirkus

Bibliographisches Institut GmbH
Dudenstraße 6, 68167 Mannheim
Titel der Originalausgabe: La vie de nos ancêtres

Konzept und Redaktion: Delphine Gravier-Badreddine
Nach einer Idee von: Claude Delafosse
Illustrationen: Philippe Biard, Donald Grant, Ute Fuhr und Raoul Sautai, Denise und Claude Millet, Maurice Pommier, Pierre-Marie Valat
Text: Barbara Heller
Redaktion: Andrea Essers
Herstellung: Verona Meiling
Printed in China

ISBN 978-3-411-80821-2